明·湯顯祖著　劉世珩輯刻

暖紅室彙刻

紫釵記

廣陵書社

丙申夏月廣陵書社
據暖紅室舊版刷印

校正增圖紫釵記

暖紅室彙刻臨川四夢之三

紫釵記題詞

往余所游謝九紫、吳拾芝、曾粤祥諸君。度新詞與戲未成、而是非蠭起。訛言四方。諸君子有危心。略取所草具詞梓之。明無所與于時也。記初名紫簫。實未成亦不意其行如是。帥惟審云。此案頭之書。非臺上之曲也。姜耀先云。不若遂成之。南都多暇。更爲刪潤訖、名紫釵。中有紫玉釵也。霍小玉能作有情癡。黃衣客能作無名豪。餘人微各有致。第如李生者。何足道哉。曲成。恨帥郎多病。九紫粤祥各仕去。耀先拾芝局爲諸生。倅無能歌樂之者。人生榮困生死何常。爲驩苦不足當。柰何。

萬曆二十三年清遠道人自記于玉茗堂

玉茗堂紫釵記卷上目錄

玉茗堂紫釵記卷上　　彙刻傳奇第十三種

吳興臧懋循晉叔批評　　夢鳳樓　校訂

暖紅室

第一齣　本傳開宗

【西江月】（末上）堂上教成燕子。窗前學畫蛾眉。清歌妙舞駐遊絲。一段烟花佐使。　點綴紅泉舊本。標題玉茗新詞。人間何處說相思。我輩鍾情似此。

【沁園春】李子君虞。霍家小玉。才貌雙奇。湊元夕相逢。墮釵留意。鮑娘媒妁。盟誓結佳期。爲登科抗壯參軍

遠去。三載幽閨怨別離。盧太尉設謀招贅。移鎮孟門西。還朝別館禁持。苦書信因循未得歸。致玉人猜慮。訪尋貲費賣釵盧府。消息李郎從故友崔韋賞花譏諷。覺風聞事兩非。黃衣客迴生起死。釵玉永重暉。

黃衣客強合鞋兒夢　霍玉姐窮賣燕花釵

盧太尉枉築招賢館　李參軍重會望夫臺

第二齣　春日言懷

【珍珠簾】（生扮李君虞上）十年映雪圖南運。輕豪俊。兀

玉茗堂紫釵記 卷上

自守泥塗清困獻賦與論文堪咳唾風雲羈旅消魂寒色裏悄門庭報春相問才情到幾分這心期占今春似穩【青玉案】盛世為儒觀覽遍等閒識得東風面夢隨彩筆綻千花春向玉階添幾綫 上書北闕曾留戀待漏東華誰召見殷勤洗拂舊青衿多少韶華都借看小生姓李名益字君虞隴西人氏先君忝參前朝相國先母累封大郡夫人富貴無常才情有種紅香藝苑紫臭時流王子敬家藏賜書率多異本梁太祖府充名畫並是奇蹤無不色想三冬聲歌四夏

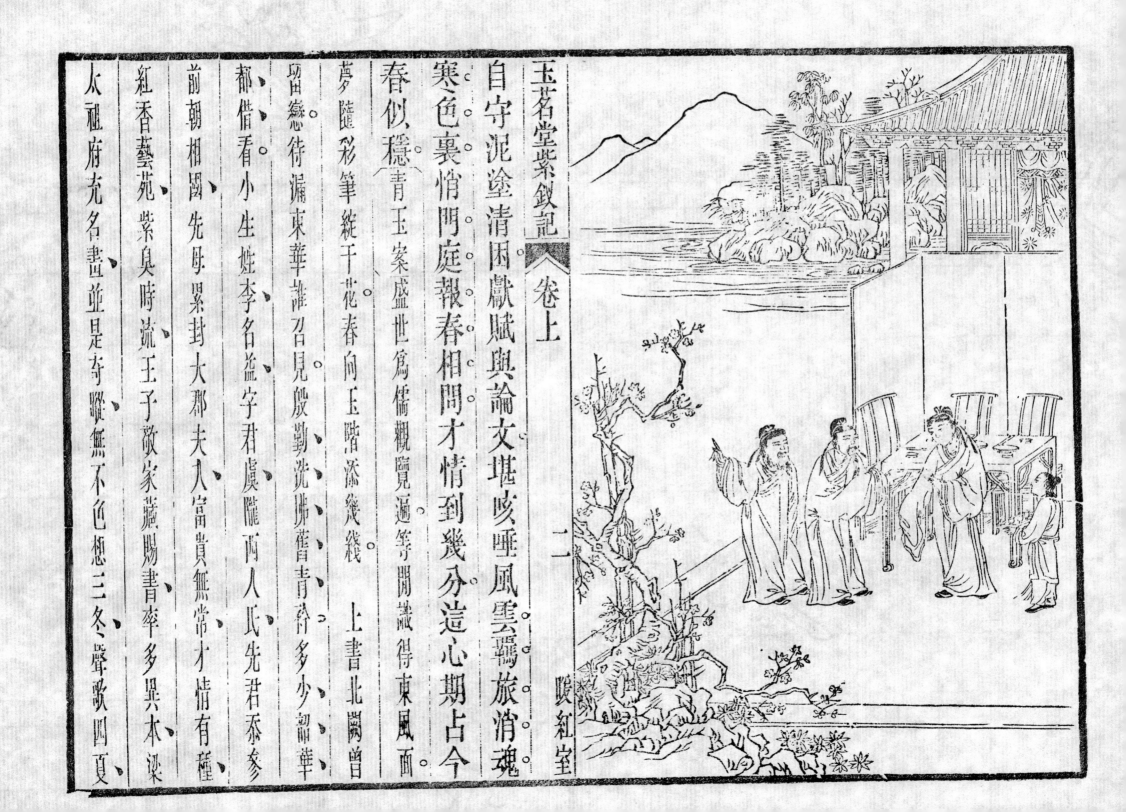

熊熊〔旦上〕連城抱日月之光閃閃宵飛出獄吐風雲之氣只是一件年過弱冠未有妻房不遇佳人何名才子比來流寓長安占籍新昌客星今日元和十四年立春之日我有故人劉公濟官拜關西節鎮今日相賀回來恰逢着中表崔允明密友韋夏卿相約此間慶賞秋鴻看酒〔丑扮秋鴻上〕驚開酒色三陽月喜逞花憐一信風酒已完備

【賀聖朝】〔小生扮韋夏卿上〕天心一轉陽春箇中孤客寒曛〔末扮崔允明上〕牆頭春信已爭新鄉思怯花辰

〔崔〕自家崔允明是也〔韋〕自家韋夏卿是也〔崔〕夏卿今早與李君虞相約到他寓所慶賀新春此間正是我等逕入〔秋鴻報介〕〔見介〕〔韋〕喜氣來千里〔崔〕春風纔一家〔生〕宜春惟有酒長此駐年華〔生把酒介〕

【玉芙蓉】椒花媚曉春柏葉傳芳醞願花神作主暗催花信靈池凍釋浮魚陣上苑陽和起雁臣〔合〕青韶印看條風拂水〔畫〕燕迎門年年春色倍還人

【前腔】〔韋〕〔崔〕祥雲正朔新麗日長安近向朝元共祝歲華初進洞庭春色寒難盡玉管飛灰暖漸熏〔合〕春風

此處即插入鮑四娘為聘釵張本最得關鍵

鬢笑林中未有柳上先遇眉蘇偏讓少年人（生）一兒
說少年人似俺李十郎亦容易老也
簇御林（生）歲寒交無二人入春愁有一身報閒庭草
樹青回嫩和東風吹綻了袍花襯（合）問東君上林春
色探取一枝新（韋）君虞說被東風吹綻袍花襯是說
功名未遂要換金紫荷衣這也不難聞得你故人劉
公濟節鎮關西今年主上東巡未知開科早晚你且
相隨節鎮西行此亦功名之會也（生）豪傑自當致身
青雲之上未可依人（崔）笑介夏卿不知東風吹綻袍

花襯是說衣破無人補此事須問一箇人（生）是誰（崔）
曲頭有箇鮑四娘穿鍼老手央他一綫何如（生）不瞞
二兒鮑四娘於小生處略有往來不但是此中心事不
露十分（韋崔）才子佳人自然停當也
前腔（韋）你染袍衣京路塵望桃花春水津（生）要命哩
（崔）你外相兒點撥的花星運（生）要錢哩（韋）你內材兒
抵直的錢神論（合前）
尾聲（生）你眉黃喜入春多分先問取碧桃芳信（崔韋）
俺朋友呵覷不的你酒冷香銷少箇人

灑冷香消促之此曲體也

夢鳳按原題滿宮花今補前字

（崔）漸次春光轉漢京。（韋）風流富貴是生成。

（生）無媒雪向頭中出　得路雲從足下生

第三齣　插釵新賞

【滿宮花前】老旦扮鄭六娘上春正嬌。愁似老。眉黛不忺重掃。碧紗烟影曳東風。瘦盡曉寒猶着。【蝶戀花】誰翦宮花簪綵勝。整整韶華。爭上春風鬢。往事不堪重記省。爲花常帶新春恨。春未來時先借問。還恨開遲。冷落梅花信。今歲風光消息近。只愁青帝無憑準。老身霍王宮裏鄭六娘是也。小家推碧玉之容。大國

夢鳳按：原題滿宮花，金補後字

薦塗金之席、陽城姤盡、那曾南戶窺郎、仌井才多、每聽西園召客、晚年供佛、改號淨持、生下女兒、名呼小玉、年方二八、貌不尋常、昔時於老身處、涉獵詩書、新近請鮑四娘、商量絲竹、南都石黛、分畫葉之雙蛾、北地燕脂、寫芙蓉之兩頰、鶯鸞冶袖、誰令得韓掾之香、繡蝶長裙、未結下漢姝之佩、新來愛帶紫玉燕釵、此釵已教內作老玉工侯景先雕綴、還未送來、正是新春時候、不免喚他出來、一望渭橋春色、浣紗小姐那裏、

滿宮花後　旦扮霍小玉貼扮浣紗同上　旦　盡日深簾人不到、眉畫遠山春曉、浣　紅羅先繡踏青鞋、花信須催及早、旦　母親萬福、老旦　女兒免禮、旦　母親、因甚有喚孩兒、老旦　新歲春光明媚、娘女們向渭橋望春一回也、行介　仌破池閒綠、雲穿天半晴、遊心不應動、爲此欲逢迎、我老大年華、對此春新也、

綿搭絮　繡閣清峭、梅額映輕貂、畫粉銀屏、寶鴨薰爐對寂寥、爲多嬌、探聽春韶、那管得翠幃人老、香夢無聊、合　兀自裏暗換年華、怕樓外鶯聲到碧簫

【前腔】【旦】睡痕宜笑微酒暈紅潮昨夜東風戸插宜春勝欲飄倚春朝微步纖腰正是弄晴時候閣雨雲霄【合】紗窗影綵綫重添刺繡工夫把晝永銷

【前腔】【浣】箇人年少長是索春饒忽報春來他門戸重重不奈嚥滿溪橋紅袖相招都准備着詠花才調問柳情苗小姐呵無人處和你拾翠閑行你淡掃眉峰鎮自描【外扮侯景先上】新妝燕子鈿金釧舊試蟾蜍切玉刀報知鄭夫人老玉工侯景先玉釵完成敬此陳上【老旦叫浣取釵看介】好匠手也以萬錢賞之【侯

謝介】琢成雙玉燕酬贈萬金蚨【下】【老旦】浣紗今日佳辰便將西州錦翦成宜春小繡牌挂此釵頭與小姐插戴【浣下取鏡上介】翦成花勝在此【老旦掛牌釵首與旦旦插看介】

【前腔】【旦】玉工奇妙紅瑩水晶條學鳥圖花點綴釵頭金步搖【作謝娘插釵介】彈輕綃翠插雲翹早是翦刀催早蜂蝶尋遥【老旦】問雙飛燕爾何時試拂菱花韻轉標

【尾聲】繡簾朱戸好藏嬌掩屏山莫放春心早還把金

鍼鳳眼挑。

（老旦）阿母凝妝十二樓。（旦）斬新春色喚人遊。

（浣）玉釵花勝如人好。（老旦）今日宜春與上頭。

第四齣　謁鮑述嬌

【祝英臺近】（搽旦扮鮑四娘上）翠屏閑青鏡冷長是數年華行雲夢老巫山下殢酒愁春添香惜夜獨自箇溫存幽雅

【少年遊】簾垂深院冷蕭蕭春色向人遥暗塵生處玉筝絃索紅淚覆鮫綃　舊家門戶無人到鴛鴦被半香銷箇底韶華阿誰心緒禁得恁無聊自

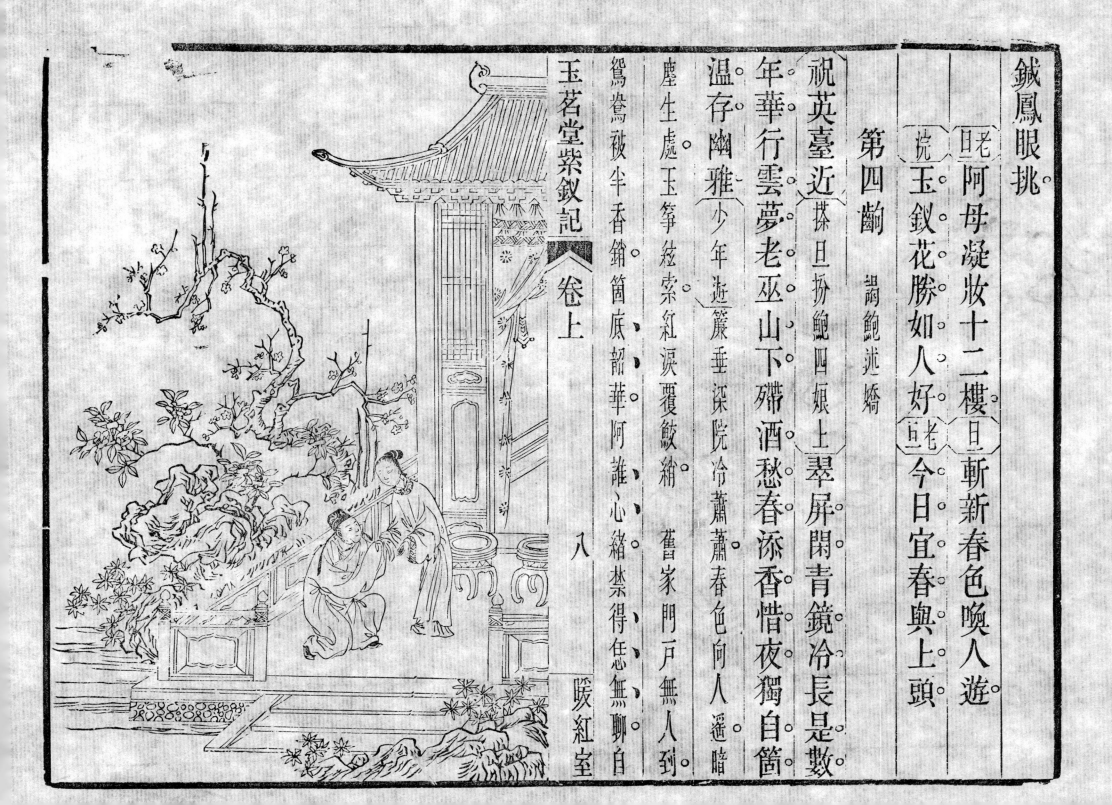

家鮑四娘、乃故薛駙馬家歌妓也、折券從良、十餘年矣、生性輕盈、巧於言語、豪家貴戚、無不經過、挾策追風、推爲渠帥、每常隴西李十郎往來、遺贈金帛不計、俺看此生風神機調、色色超羣、幣厚言甘、豈無深意、必是託我豪門覓求佳色、俺已看下鄭娘小女、此女美色能文、頗愛慕十郎風調、只待他自露其意、便好通言、早晚李郎來也、

唐多令【生上】客思繞無涯、青門近狹斜、愔愔巷陌是誰家、半露粉紅簾下閒、覓柳戲穿花、【見介】【生】翠宿香棲未肯消、與卿重畫兩眉嬌、【鮑】新春螺黛無人試、付與東風染柳條、【生】四娘幾幾載相看、新春鬭訪、爲何門庭蕭索至此、

祝英臺【鮑】聽說來、憶嬌年人自好、今日雨中花、俺也曾一笑千金、一曲紅綃、宸遊鳳吹、人家參差憔悴損、鏡裏鴛鸞冷落、門前車馬、【生】還尋箇伴兒、【鮑】這些時幾曾到賣花簾下、十郎你時時金帛見遺、無恩可報、今日未何光顧、

前腔【換頭】【生】遊冶自多情、春又惹、早則愁來也、漸次芳

郊款步幽庭笑向卿卿閒話（鮑）妾半落鉛華何嘗雅
念（生）還佳箇門中風月多能更是雨雲熟滑似秋娘
渾不減舊時聲價
前腔換頭（鮑）休傻咱意中人人中意還似識些些看你
才貌清妍禮數謙洽非關採弄殘花十郎禮下於人
必有所求寸心相剖妾爲圖之（生）堪嗟瘦伶仃才子
身奇向少箇佳人紫架問誰家可一軸春風圖畫
前腔換頭（鮑）知麽我也曾爲你高情是處的閒停踏（生）
有么（鮑）十郎蘇姑子作好夢也有一仙人謫在下界
不邀財貨但慕風流如此色目共十郎相當矣是有

個二八年華三五嬋娟又不比尋常人家（生）驚喜介
真假你千打哄蘸出箇桃源俺便待雨流巫峽（鮑）笑介
這一縷紅絲少不得是你老娘牽下（鮑）起來說與詳
細是故霍王小女字小玉王甚愛之母曰淨持淨持
即王之寵姬也王初薨諸弟兄以其出自微庶不甚
收錄因分與資財遣居於外易姓爲鄭氏人亦不知
其王女姿質穠豔一生未見高情逸態事事過人音
樂詩書無不通解昨遣我求一好兒郎格調相稱者

我具說十郎他亦知有十郎名字非常歡愜住在勝業坊三曲鋪東閒宅是也（生）可得一見（鮑）此女尋常不離閨閣今歲花燈許放或當微步天街十郎有意可到曲頭物色也（生）領教（鮑）花燈之下你得見異人老娘便向十郎書齋領取媒證

【尾聲】（生）從今表白俺衷情話（鮑）肯字兒還在他家（生）你成就俺一世前程休當要

（鮑）紫陌花燈湧暗塵　驚心物色意中人

（生）此中景若無佳景　他處春應不是春

第五齣　許放觀燈

【點絳唇】（雜扮京兆府尹上）聖旨傳宣風調雨順都如願慶賞豐年世界花燈現金鎖通宵啟玉京遲遲春箭入歌聲寶坊月皎龍燈淡紫館風微鶴焰平自家京兆府尹是也今夕上元佳節月淡風和蒙聖上宣旨分付士民通宵遊賞正是金吾不禁夜玉漏莫相催（下）

【玩仙燈】（老旦上）上元燈現畫角老梅吹晚風柔夜暖笑聲喧早占斷紅妝宴

前腔【旦上】韶華深院春色今宵正顯【浣上】年光是也
拚無眠數不盡神仙會【憶秦娥】老【旦】元宵好珠簾捲
盡千門曉【旦】千門曉禁漏花遲玉街春早【浣】紅妝
索向千蓮照笙歌欲隱千金笑【合】千金笑月暈圍高
星毬墜小【旦】今夜花燈佳夕奉夫人一杯酒【老旦】費
你心也正是女郎春進酒王母夜燒燈
【忒忒令】賞元宵似今年去年天街上長春閬苑星橋
畔長明仙院暢道是紅雲擁翠華偏歡聲好太平重
見

前腔【旦】賞元宵不寒天暖天十二樓欄杆春淺三千
界芙蓉妝豔都則是瑞烟浮香風輭人語隱玉簫聲
遠
前腔【浣】賞元宵暢燈圓月圓整千里珠簾盡捲達萬
戶星毬亂點噌趁着笙歌引笑聲喧怎放卻百花中
漏聲閑箭禀過老夫人郡主同步天街遊賞一會【老】
【旦】使得
【尾聲】端的是春如晝夜如年天街上暗香流轉便拚
到月下歸來誰分去眠

〔老旦〕金屋何能閉阿嬌〔旦〕成團打隊向燈宵

〔浣〕嚴城不禁葳蕤鎖〔合〕銀漢斜通宛轉橋

第六齣　墜釵燈影

〔鳳凰閣〕〔生上〕絳臺春夜冉冉素娥欲下香街羅綺映韶華月浸嚴城如畫〔韋崖〕鈿車羅帕相逢處自有暗塵隨馬〔生〕笙歌世界酒樓臺雞踏蓮花萬樹開誰家見月能端坐何處聞燈不看來二兄昨夜鮑四娘教咱今夜花燈覷着那人來也咱於萬燭光中千花豔裏將笑語遥分衣香暗認不在今年玩燈道猶未了

夢鳳按原題鳳凰閣引今從葉譜去引字

遠遠望見王孫士女看燈來也、引、奇、千、金、笑。來映、九、枝前。〔下〕、〔雜扮王孫士女笑上介〕

【園林好】謝皇恩燈華月華。謝天恩春華歲華。遍寫着國泰民安天下。遨頭去唱聲譁。〔下〕〔老旦引旦浣上介〕好燈也、

【前腔】說燈花南天門最佳。香車隘挑籠絳紗。聽喝道轉身停馬。塵影裏看誰家。呀、那裏箇黃衫大漢、一匹白馬來也、〔下〕〔外扮豪士黃衫擁淨扮胡奴引馬丑雜隨從上介〕

【前腔】本山東向長安作。儂家趁燈宵遨遊狹邪。聽街鼓兒幾更初打。〔內叫介〕前面好漢是甚姓名、人高馬大、遮了俺們看燈路兒也、〔豪上笑介〕問俺名姓、黃衫豪客是也、說遮了路呵、胡雛們去了也、燈影裏一鞭斜。〔下〕〔生同韋崔上介〕

【前腔】逞風光看人兒那些。並香肩低迴着笑歌。天街爇琉璃光射。等的箇蓬閬苑放星槎。〔望介〕〔虛下〕〔老旦同旦浣上介〕好耍歇也、

【前腔】絳樓高流雲弄霞。光瀲灩珠簾翠瓦。小立向迴

廊月下閒嗅着小梅花 生韋崔上介 老旦衆驚下 旦
落一釵做回顧把簪介 生 呀、一兒勝業坊來的、可是
那人、真奇豔也、兀的不是梅梢上掛釵廝現的墜地
也、
雁過江 雁過聲 則道是淡黃昏素影斜原來是燕參差
簪掛在梅梢月 眼看見那人兒這搭遊還歇 江水 見把
紗燈半倚籠還揭紅妝掩映前還怯 合 手撚玉梅低
說偏喒相逢在這上元時節 浣 挑燈籠照旦上 呀、老
夫人歸去、喒去尋釵來也、韋 那人來尋釵也、俺二人

前面看燈去、兒可與之小立片言、看是那人否、正是
與人方便、自己方便、生 請了、韋崔下 旦 尋釵介 不見
了釵、呵、這不做美的梅梢也、
前腔 止不過紅圍擁翠陣遮偏這瘦梅梢把喒相攔
拽 作避生介 喜迴廊轉月陰相借怕長廊轉燭光相
射 生 作見介 旦 怪檀郎轉眼偷相瞥 生 笑介 掉下釵
哩、旦 可是這生拾在、合 前
玉交枝 生 是何衙舍美嬌娃走得咬嗻 浣 是霍王小
姐、生 奇哉奇哉、就是小玉姐麼、浣 便是、生 小生慕之

久矣、因何獨行到此、浣來尋墜釵、生你步香街不怕金蓮。趄總爲這玉釵飛折。浣秀才、可見釵來、生釵到有請小玉姐相叫一聲、旦低聲云浣紗這怎生使得、且問秀才何處、生隴西李益、表字君虞、排號十郎、應試來此、旦作打覷低鬟微笑介鮑四娘處聞李生詩名、喒終日吟想、乃今見面、不如聞名、才子豈能無貌、生作聽徑前相揖介呀、小姐嬌才、喒人重貌、兩好相映、何幸今宵、旦作羞避介釵喜落此生手也、釵你插新妝寶鏡中、燕尾斜到檀郎香袖口是這梅梢惹綄

紗、叫秀才還喒釵也、合怕燈前孤單這些。怕燈前孤單了那些。生請問小玉姐侍者、喒李十郎孤生二十年餘、未曾婚聘、自分平生不見此香籢物矣、何幸遇仙、月下拾翠花前、梅者媒也、燕者于飛也、便當寶此、飛瓊用爲媒采、尊見何如、浣惱介書生無禮、見景生情、我待罵你呵、叫秀丫頭是怎的來、

前腔花燈磨折爲書生長意賒秀才、喒釵值千金也、生此會千金也、旦背笑介道千金一。笑相逢夜似遇藍橋那般歡愜遲喒釵來、生選箇良媒送上、玉花

夢鳳按原題尾聲今從葉譜

夢鳳按原題玉樓春今補前字

燕釵去下聲長短嗟。玉梅梢咱賺着影高斜照。合前

浣夫人俟久咱們家去也、

川撥棹簫聲咽和催歸玉漏徹旦為多才情性驕佳

没些時月痕兒早斜浣紗叫秀才還咱釵來旦作揖

拜生介合作相逢歸去也作相逢歸去也生揖介

前腔花燈夜有天緣逢月姐浣秀才你把箇香閨女

覷得眼乜斜。留了咱燕釵兒貪他那些合前

隔尾生玉天仙單住得梅梢月春消息漏洩在花燈

節旦作低聲回介明朝記取休向人邊說旦浣下生

弔場奇哉奇哉李十郎今夜遇仙也、

玉樓春前嬋娟此會佳奇絕睡眼重惺春思徹他歸

時遥映燭花紅咱待放馬蹴清夜月哎鸞影催歸燕

釵留在叫小生怎生回去也

玉樓春後崔上天街一夜笙歌咽墮珥遺簪幽天節

韋上那兩人燈下立多時細語梅花落香雪十郎可

是那人、生真異人也、

六犯清音梁州序他飛瓊伴侶上元班輩迴廊月射幽

暉千金一刻天教釵掛寒枝月兒高生上翠他含羞啟

夢鳳按一本無崔韋弔場

你看六句白下場詩作釵燕餘香彩袖問藍橋相見夜深還祇應不盡嬋娟意猶向街心弄影看

盈盈笑語微【歌排】嬌波送翠眉低就中憐取則俺兩心知【八聲甘州】韋崔少甚麼紗籠映月歌穠李偏似他翠袖迎風糝落梅【早羅袍】生上恨的是花燈斷續恨的是人影參差恨不得香街縮緊恨不得玉漏敲遲【黃鶯兒】把墜釵與下爲盟記【合】夢初迴笙歌影裏人向月中歸崔旣此女子於兒分上非淺不可負也

【尾聲】玉天仙去也春光碎這一雙情眼呵怎禁得許多胡覷【生】嗐半生心事全在賞燈時【生下崔韋弔場】你看李生一見嬌姿風魔而去我們學老成些閒得崇敬寺燒千佛燈且去隨喜一會

【崔】帝里風光醉夢閒【韋】拚他年少遇仙還

【合】眠應不盡孤眠意　鬱向空門弄影看

第七齣　託鮑謀釵

【搗練子】生上花淡淡月嬋娟迴廊燈影墜釵前透萬點星橋情半點【如夢令】閤門外香塵正度窗裏星光欲曙客舍悄無人夢斷月隄歸路無緒無緒搖漾燭花人語小生昨夕和小玉姐對玩花燈眼尾眉梢多少神情抛接也

普天樂俺正憑欄想碧雲盡處花燈綻他絳籠深護
春光暖乍相逢試回嬌眼似廣寒低躡飛鸞笙歌遠
人零亂金釵墜無言自把梅花瓣剛撇下佩環清月
影曉馬歸來夢斷覺東風病酒餘香相半
不是路鮑上庭院幽清他出衆風流舊有名彈花柄
想尋花去蝶夢初驚生笑迎介是卿卿嬾雲鬟倒撇
得冠兒正肯向書齋僻處行鮑承恭敬看君笑眼迎
門應有些僥倖有些僥倖鮑世間尤物意中人可向
燈前會的真不用眉梢攢一處且將心事說三分昨

夜、燈前有何所見、生人中嚷、鬧都無所見、但拾得墜
釵紫玉燕一枝、煩卿賞鑑、鮑作看釵介是好一枝紫
玉釵也、
三鳥集高林啄木兒鮑波文瑩紺疊明點翠圈珠瓏嵌
的鼇高陽臺瓊枝透紫似欄杆日漾紅夕燕呵、簇御林為
甚翡翅兒西飛另嬾畫眉他在妝歛帕上棲香穩雲鬟
搔頭弄影停黃鶯兒誰付與多情
前腔生花燈後人笑聲月溶溶罩住離魂倩墜釵橫
處相尋特地逢迎這釵燕呵、雖則輭語商量渾未定

早則幽香蘸動梅花影紅潤偷歸翠袖擎天付與書
生。
好姐姐(鮑)恁般紅鸞湊成(是)燕花釵早爲折證你嫦
娥親許玉鏡臺前曾得清(合)燈兒映相逢便是神仙
境何用崎嶇上玉京
前腔(生)知他是雲英許瓊墜清虛花間立定露華春
冷肯向瑤池月下行(合)前(生)煩卿就將此釵求共盟
定彼時白有白璧一雙爲獻也、
尾聲(鮑)爲單飛去配雙飛影(生)墜釵人倚妝臺正凭

(鮑)昨夜燈花兩人照證明。
(鮑)燈前月下會真奇(生)恰似雲英一喚時
(合)手去雙釵成玉杵　足來千里繫紅絲

第八齣　佳期議允

薄倖(旦上)薄妝凝態試暖弄寒天色是誰向殘燈淡
月仔細端詳無奈憑墜釵飛燕徘徊恨重簾礙約何
時再(浣)似中酒心情羞花意緒誰人會懨懨睡起兀
自梅梢月在(應天長)(旦)燈輪細轉月影平分笑處將、
人、暗認隱曾半倚紗籠手撚墜釵羽羽詰問(浣)誰解語

玉茗堂紫釵記　卷上　三十　暎紅室

春相印怯邂逅誤成芳信人影散獨自歸來凭欄方寸【旦】浣紗拾釵人何處也

【字字錦】春從繡戶排月向梅花白花隨玉漏催人赴金釵會試燈回爲着疎影橫斜橫斜處把嗜燕釵兒粘帶釵釵跟尋的怏怏是何緣落在秀才好一箇秀才秀才你拾得在【合】是單飛了這股花釵配不上雙飛那釵乍相逢怎擺那拾釵人擊奇擊奇得瀟瀟灑灑忺忺愛愛閃得人躭躭待待懨懨害害卻原來會春宵那刻

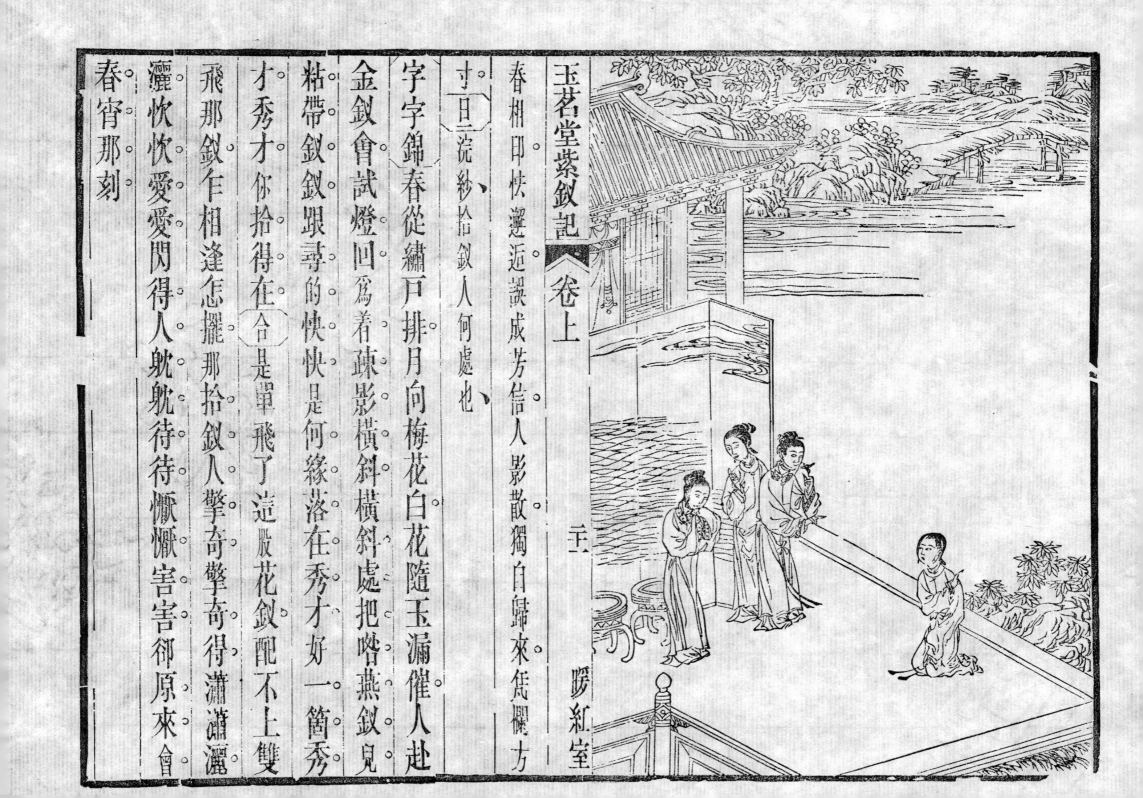

夢鳳按原題雪獅子葉譜同今爲訂正

前腔浣無意燕分開有情人奪朵他將袖口兒懷恁想着花頭戴步香街淡月梅梢梅梢下領取箇黃昏自在釵釵書生眼快快恁是箇香閨女孩逗的箇女孩女孩伽伽的拜合前

入賺鮑上春一作輕寒漸解准望着踏青挑菜金蓮步躧早是他朱門外誰人在內作鸚哥叫云客來、客來、旦驚介影動湘簾帶鸚哥報客來浣今朝風日好有甚金釵客見介旦呀、原來是鮑四娘也、到來多會鮑可知道似深閨自在小玉姐、愛戴紫玉燕釵、今日緣何不

見、旦無心戴他、鮑敢是單了一枝、旦笑介何處單來、鮑咱說他單便單咱說他雙便雙憑你心下旦笑介四娘說了雙罷、鮑卻原來且問你緣何此釵便落此生之手、

雪獅兒旦燈花市月華街月痕暗影疎梅愛清香小立在迴廊外花枝擺花枝擺把燕釵兒懸在天付與多才合單飛燕也釵雙飛燕也釵雙去單來單去雙來可似繞簾春色還上我玉鏡妝臺

前腔鮑燈似晝人如海偏他們拾取奇哉這觀燈十

五無人會便揉碎便揉碎梅花少不得心兒採多則
是眼兒乖【合】明題起也釵暗題起也釵明去暗
去明來可似繞簾春色還上我玉鏡妝臺【鮑】你說着
玉鏡臺李郎就是便將此釵來求盟定【旦】耶生畢竟
門第何如才情幾許怎生弱冠尚少宜人【鮑】若論此
生門族清華少有才思麗詞佳句時謂無雙先達丈
人翕然推伏每自矜風調思得佳偶博求名閥久而
未諧【旦】原來如此此事問老夫人
【隔尾】你說着玉鏡臺那酸倈怎就把咱頭上釵兒來
插戴只怕老娘呵識不出武林春色【下】【鮑弔場】浣老
夫人有請

【一翦梅】【老旦上】霧靄籠蔥貼絳紗花影窗紗日影窗
紗迎門喜氣是誰家春老儂家春瘦兒家【見介】【老旦】
原來是鮑四娘到來春色三之一王家日漸長【鮑】關
心兒女事閒坐繡幃詳老夫人你道妾身今日為何
而來竟為小姐親事【老旦】小姐雛稚之年恐未曉成
人之禮聽俺道來
【宜春令】天生就女俊娃似鶯雛常依膝下重重簾幕

漏春心何曾得到他爐烟篆一縷清霞玉瓶花幾枝
瀟灑　人家箇不成妝逗耍
前腔（鮑）渠年長伊鬢華老年人許兒喬作衙他芳心
染惹怕春着裙腰身子兒乍鸞鶯譜挑不出閑心美
女圖覷許多情話你守着他投得箇夜香燒罷
前腔（老旦）催人老可歎嗟論從來女生外家眼前怎
捨得箇乘龍嬌客來招嫁起西樓備着吹簫展東
牀留教下榻誰家養女兒尋思似咱那人何如、
前腔（鮑）才情有年貌佳李十郎隴西舊家全枝堪借

管碧梧棲老鸞停跨將雛曲畢竟雙飛求凰操看他
駟馬（出釵介）沒爭差把這股（玉燕）釵兒留下（老旦看
介）呀這釵活似小玉上頭之物何因得在此生婚姻
事須問女兒情願、浣紗請小姐出來、（浣請介）
一翦梅（旦上）睡起東風數物華暗惜年華暗惜春華
停雲數點雨催花前夜燈花今日梅花（見介老旦）鮑
四娘來與隴西李十郎求親你意下何如（旦）諒他則
甚、
繡帶兒（旦）掩春心坐羅幃繡榻羞人喚作渾家想仙姬

不是蘭香笑漁郎空問桃花非誇公清到底無別話
守定着香閨這搭（啼介）娘和女儔仃可嗟（作）形影相
依怎生撇下
【前腔換頭】（老旦）年華為甚的雲寒月寡守着一搦香娃
兒就月姑仙子也有人間之情看羅敷早配玄都恨
玉蘭空孕蓮花仙查天宮織女猶自嫁銀河畔鵲橋
親踏今日呵男共女兩家兒一家分付與東君畢罷
了老娘心下
【前腔換頭】（浣）休嗟嬌花女教人愛殺恨不早嫁東家你

憐老夫人疼只怕柳枝兒兩頭繫綵到大來貪結桃
花（背介）哄咱青春不多也二八少不得籠窗動鬮好
和歹這些時破瓜便道是白玉無瑕青春有價
【前腔換頭】（鮑）喧嘩把媒人似綵鞭兒擘打得你半口甜
茶卻為甚俊灑多才向没箇襯搭人家湊咱士女愁
春没亂煞母親行白忙閒話真和假那些禁架你不
信看玉燕釵頭玉梅花下（鮑送釵老旦看介）（老旦）正
是這釵是小姐香奩中物何因得落他家（旦作羞介）
（老旦問浣介）這是怎的來

太師引【浣】元宵夜放了鞦韆燈假轉迴廊梅疎月華臨
去也墜釵斜掛急尋着被他翠袖籠挐【老旦】便是那
李秀才麼、【浣】但逢着書生不怕偏絮聒俺小姐有些
嬌怯【老旦】那生說甚來、【浣】說他青春大曾無室家是
禁不得他賺玉留香多雲【老旦】小姐說甚來、
前腔【浣】聽說他能風雅想不着亘宵遇他虧了俺籠
燈倚月聽才子佳人打諢他把釵兒接下那歡恰俺
小姐淡月隱梅花【老旦】卻怎的、【浣】嬌波抹道有心期
那些【老旦】因何、【浣】知怎生可一笑相逢緣法【老旦】笑

問介玉兒可是也、【旦】低唱介
三學士是俺不合向春風荷暮花見他不住的嗟呀
知他背紗燈暗影着娥眉畫還咱箇插雲鬢分開燕
尾斜猛可的定婚梅月下認相逢一笑差
前腔【老旦】你百歲姻緣非笑耍關心事兒女由他知
他肯住長安下怕燕爾翻飛碧海涯輕可的定婚梅
月下怕相逢一綫差
前腔【鮑】玉姐、翠氣生香春一把那書生也將相根芽
接了你嵌成寶玉雙飛燕難道是飛入尋常百姓家

夢鳳按下場詩毛本一作偶語風前一笑回月籠燈影袖籠釵如今好取釵頭燕飛向温家玉鏡臺

夢鳳按原題鶯集林春今從葉譜去春字

俺可也定婚梅月下。敢把好姻緣一對誇。（浣）老夫人、成就了罷、

【前腔】（浣）這是那月夜春燈。搖翠霞。武陵溪蘸出胡麻才郎呵、可有乘龍一騎青絲馬。配上喈插燕雙飛絲鬢鴉。（合）你可也定婚梅月下。好姻緣一世誇。（老旦）片語相投、拾釵爲定天也、天也、天也、

【尾聲】（鮑）你問乘龍那日佳。俺這裏畫堂簫鼓安排下。（鮑）他還有白璧成雙錦上花。

（鮑）偶語風前一笑深。（老旦）月中人許報佳音。

（旦）着意栽花花不發。（浣）無心插柳柳成陰。

第九齣　得鮑成言

【思越人】（生上）好是觀燈透玉京。如魂如夢見飛瓊。香連步障笙歌隱。彷彿遺釵笑語明。春淡淡、玉真真、幾時真箇作行雲。閒來欲試花間手。盼煞行媒月下人。俺心事託鮑娘爲媒、恰好怕老夫人古撇也、

【鶯集林】（鶯啼序）恰燈前得見些些。悄向迴廊步月。（集賢賓）漏點兒丁東長歎。徹似悔墜釵輕去瑤闕。儘來回花露影。（簇御林）念渠嬌小。點點愛清絕。（囀林鶯）漾春寒。愁幾

李鳳按原題四犯鶯兒據葉譜此二曲作鶯花神第一枝末云眼裏心頭要安頓得定迭較此多一句第二枝則第四句起釵頭枝

許憪憪心事自共素娥說

前腔不准擬恁情深邂逅低鬟笑歇恍月下聞鶯歸去也正天淡曉風明滅也應他難遇惺惺解憐才有意須教徹人近遠幾重花路比武陵源較直截

鶯花賓黃鶯兒愛的是女嬌奢怕的他娘生劣近新來時勢把書生覷無分周遮有數奇絕不應恰恁相逢別四季花不爲淫邪非貪貴簇集賢賓要頓小頭定迭

前腔但憑咱書五車甚處少紅一捻只他乍相逢相愛無言說甚梅香喜歡媒娘湊節錦春樓也定鶯兒

與和媒人根節錦春梭擲鸞兒舌喈望眼天斜幽懷唱咽去了多時早那人來也尾犯集賢賓今改正人在春風喜氣多自佳

舌喈望眼兒天斜蹻兒趐趄甚些時人兒去也

嬾畫眉〔鮑〕上碧雲天外影晴波看罷了春燈景色和

喈曉鬟偷出睡雲窩〔見介〕〔生〕有勞四娘那人心事諳

否〔鮑〕他口兒不應心兒可可道人在春風喜氣多〔生〕

他可道來

前腔〔鮑〕道你箇題橋彩筆蘸晴波傅粉人才豔綺羅

道是你舊家門第識人多湊的箇釵頭玉燕天和合

成就你玉鏡臺前去畫翠娥〔生〕那人真箇如何〔鮑〕俺

去正逢他睡起

醉羅歌〔醉扶歸〕睡覺睡覺嬌無那梳洗梳洗着春多露

春纖彈去了粉紅涴半捻春衫韠〔皂羅袍〕香津微揾碧

花凝唾芙蓉暗笑碧雲偷破春心一點眉尖閣〔排歌〕休

唐突儘阿那書生有分和他麼〔生〕多謝四娘〔揖介〕

前腔停妥停妥有定奪歡倖歡倖早粘合拚千金買

得春宵着受用些兒箇傷春中酒輕寒自覺人兒共

枕春宵暖和算花星捱的孤鸞過三日後五更過十

紅拖地送媒婆〔鮑〕十郎花朝日好成親看你好不寒

酸那樣人家少不的金鞍駿馬着幾箇伴當去〔生〕領

教、

尾聲（鮑）論你一品人才真不弱。趁風光俊煞作箇令閣十郎呵、還辦取試雨粘雲半幅羅（下）生弔場四娘說咱寒酸、不免請韋崔二兄代求人馬光輝也、

月姊釵頭玉。仌人綫腳鍼。

傳來烏鵲喜。占得鳳凰音。

第十齣　回求僕馬

（秋鴻上）世情貪豔染。所事看施爲。人馬一時俊。門戶兩光輝。俺李相公人才出衆、天湊良姻、只少人馬扶助、去請崔韋二位商量好不精細也、

玩仙燈（生上）人物似相如。少箇畫堂車騎。秋鴻已請崔韋二相公議事、這早晚可來也、

小蓬萊（韋崔上）春意漸回沙際。風流長聚京都。終南韋曲。博陵崔氏。瀟灑吾徒。（見介）（崔）拾釵芳信如何、（生）花朝之夕、已注佳期、只有一段工夫、央及二兄幫襯、（崔）願聞、（生）王門貴眷、禮須華重、客裝寒怯、實難壯觀、聽小弟道來、

駐馬聽出入惟驢。實少銀鞍照路衢。待做這乘龍快

婿騏驥才郎少的駟馬高車花邊徒步意躊躇嘶風
弄影知何處（合）後擁前驅教一時光彩生門戶（崔）十
郎你不曾同姓爲婿怎麼巫馬期以告要馬我崔家
盡有（韋）崔子弑齊君是陳文子有馬十乘崔家那裏
有一匹兒我韋家到有（崔）怎見得（韋）郤不道曾章昌
馬（崔）休閑說長安中有一豪家養駿馬十餘匹金鞍
玉鐙事事俱全當爲君一借
【前腔】不說騁鶩有箇翩翩豪俠徒許你一鞍一馬作
箇馬上郎君少不的坐下龍駒驚香欲到錦屠蘇銀

鞍繡帕須全具（合前）（生）有了馬還敢求一事
【前腔】冷落門閭只合樵青伴釣徒今日過門呵少不
得要步隨鞭鐙手捧衣裳背負琴書花星有喜不爲
孤身宮所恨慳奴僕（合前）（崔）你不曾之子于歸先要
宜其家人使不得邦君之妻曰夫人夫人自稱曰小
童但帶幾箇俊童怕新人喫醋若要家童有顏色梅
樹雕幾箇去（韋）怎見得（崔）百家姓要江童顏郭梅盛
林刁（生）取笑取笑（韋）這椿也在那豪上家有緣鞲文
幘妝飾非常

夢鳳按原題五供養今從葉譜
他誰葉譜作伊誰

【前腔】自有豪奴不羨秦宮馮子都。不用吹簫僮約結
柳奴。星有翦髮胡雛。好教你垂鞭接馬。玉童扶衣箱
別有平頭護。【合前】
【尾聲】【韋崔】你是精神去坦東牀腹。那些兒幫襯工夫。
成親看喜也。只願你人馬平安穩坐黃金屋。
【韋】本色更何如。【崔】攢弄要工夫。
【生】定須騎駿馬。【合】誰待使癡奴。

第十一齣 妝臺巧絮

【番卜算】【旦上】屏外籠身倚。啞覺脣紅退。暈纖蛾暗自

領佳期珍重花前意。【菩薩蠻】天穿過了還穿地。枕痕
一綫搖紅睡。春色襯兒家。羞含荳蔻花。裙腰沾蟢
子。暗地心頭喜。越近越思量。懸愁花燭光。日昨已許
了李郎。定親佳期早晚。好悶人也。
【供養海棠】【五供養】相逢有之。這一段春光分付伊誰他。
是箇傷春客。向月夜酒闌時。人兒乍遠。脈脈此情誰
識。人散花燈夜。人盼花朝日。【月上海棠】着意東君也自怪
人冷淡蹤跡。
【前腔】夢兒中可疑記邂逅。分明還似那迴時。玉釵風

夢鳳按原題作金瓏璁今加犯字註明犯調

不定爲誰開撚花枝道甚重簾不捲燕子爲傳消息
隨意佳期緩爭信人心急不如嫁與受他真箇憐惜
〔金瓏璁犯〕〔金瓏璁〕鮑上士縧枝么鳳拍香痕暗沁莓苔〔西江
月〕畫堂春暖困金釵不捲珠簾誰在〔見介〕〔旦〕花氳蝶
翅頻敲粉〔鮑〕柳彫蜂腰促報寄〔旦〕翠掩重門春睡嬾
〔鮑〕一天新喜教兒家〔旦〕何喜見教、〔鮑〕教你箇喜字來、
新婚那夜呵、
〔玉交枝〕燭花無賴背銀缸暗擘瑤釵待玉郎回抱相
偎揣蟾蛾掩袖低徊到花月三更一笑回春宵一刻

千金浼挽流蘇羅幃顫開結連環紅襦襖解
〔前腔〕鸞驚鳳駭誤春纖搯着檀腮護丁香怕拆新蓓
蕾道得箇荳蔻含胎他犯玉偎香怎放開你凝雲覺
雨堪瀟灑喫緊處花香這回斷送人腰肢幾擺洞房
所事堪停當也、
〔沉醉東風〕你把鴛鴦襯褡兒剪裁指領上繡鍼憑在
勾春睡小眠鞋要一領汗衫兒躭待那其間半葉輕
羅試采你把羞眸兒半開斜燈兒半開試顯出你做
夫妻們料材〔旦〕罷了、〔鮑〕可罷了、也

前腔帶朝陽下了楚臺、起窺妝照人、無奈暗尋思、羞眉簇黛、把餘紅偷覷、還猜防人見、侍兒們拾在賀新人、美哉賀新郎、美哉顯的你做夫妻們喜來。（旦）謝了老夫人、請你講話也、

尾聲（鮑）咱去來說與你個明白、選成親花朝好在、折莫你這幾日呵、葫蘆提較害。

一搦女兒身、　齊眉作婦人。

人生初見喜、　花草一年春。

第十二齣　僕馬臨門

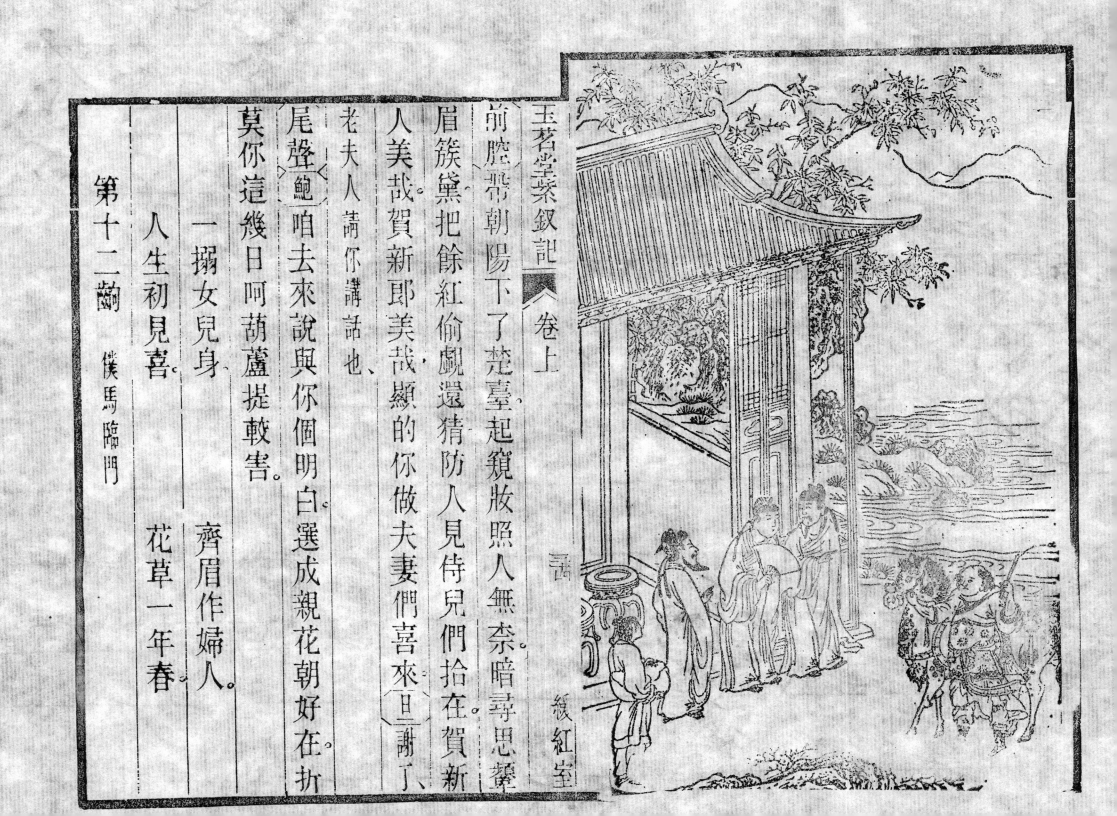

秋鴻與淨等諢打亦不可

秋鴻上 主人性愛秋鴻。身居奴僕寄宮。從後脫了主顧。以前布下了春風。自家秋鴻便是。只因人物粗通。伏事李郎客中。一年半載、好不干淨、如今配上了霍家小姐、主不顧僕了、叫做失了主顧、雖然如此、霍府少甚丫鬟、東人念舊、少不的秋鴻也配上一箇叫做俺有春風、他有夏雨、這都不在話下了、昨日相公轉託韋崔、借人借馬、榮耀成親、分付到時好生安頓、可知道哩、奴要白飯、馬要青芻、都不備一些子、叫俺管頓、好不顏氣也、且看門外如何、淨扮豪家蒼髮胡奴

一人牽馬一匹雜持衣服上 白面兒郎宜駿馬。洞簫才子借髯奴。昨有韋崔二先生、借俺豪家人馬、與箇隴西李十郎、往那家去、這是他寓所、高叫一聲、叫介 鴻 好、好、好人馬一齊到、馬少一匹、淨 因何、鴻 俺家十郎、配那家主兒、俺也同這吉日、配上那家一箇俊不了的穿房、因此要多一匹、淨 好命也、纔脫了人騎、就要馬騎、早哩、鴻 也罷、看你馬馬去得、再看人、笑介 原來你前身是馬、淨 怎見得、鴻 馬蒯騌人也蒯騌馬老子黑、你們臉通黑、知馬是你前身、淨 惱介 呀、你家借馬

夢鳳按原題孝順歌今從葉譜註明集曲

借人白飯青芻、不見些兒、倒來罵俺、好打這厮、〔打介〕

〔玩仙燈〕〔生上〕擇言送鸞書。儘今夜孤眠坦腹。叫人馬借來是客、秋鴻這狗才、恁般輕薄、列位管家恕罪、〔淨叩頭介〕不敢請相公看馬何如、〔生〕好馬好人、〔淨〕敢問相公往那家去、〔生〕是霍王府呵、

〔孝順枝〕〔孝順歌〕招鳳侶配鸞雛。借鴛鴦白馬光戶閭。這馬呵、鬧色紫茸鋪壓胯黃金鍍。真箇飛香紅玉稱兩袖風生。一鞭雲路。〔鎖南枝〕阿對前頭。要幾箇人兒護。你們到那家、答應放精細些、須剔透要通疏那人家多

禮數〔淨〕知道了

〔前腔〕你是名家子。冠世儒。這馬呵、配春風美人堪畫圖。俺豪門體態殊。風流慣相助。李相公、你跨金鞍駿駒。擁絲韁蒼奴。到瑣窗窺處。那時小的們不敢說、只怕相公酒後呵、也不着支吾坦露了東牀腹。只一件來馬要好料、奴要好酒、相公也要多喫些、大家掙出精神來、和你高控轡響傳呼顯風光賽尋俗、〔生〕多謝了、今夜且安歇、明日早去也、

〔淨〕雕胡人當酒。莝薦馬爲芻。

（生）坐憑金騣裹。走置錦流蘇。

第十三齣　花朝合巹

【鵲橋仙】（旦同浣上）（旦）珠簾高捲畫屏低扇曙色寶奩新展絳臺銀燭吐青烟熒熒的照人腼腆【好事近】紅曙捲窗紗睡起半拖羅袂（浣）何似等閒睡起到日高還未。（旦）催花陣陣玉樓春樓上人難睡（浣）有了人兒一箇在眼前心裏（旦）早晚佳期鮑四娘還不見到【臘梅花】（鮑上）花燭爐香錦繡筵屏山霧抹鸞初偃紅綫結姻緣探花人到百花高處會雙仙（見介）仙郎一

時就到、且同郡主鳳簫樓一望、作望介鮑你看那是
勝業坊、這的是曲頭、這是你府門首、旦呀、四娘、一箇
騎馬官兒來也、鮑呀、望南頭來了、生騎馬秋鴻胡奴
三四人跟上介
窣地錦襠生春紅帶醉袖籠鞭壓韉葳蕤照水邊美
人香玉豔藍田遙望秦樓生翠烟下旦驚喜介四娘、
你看那生走一灣馬呵、風情似、柳有如、張緒、少年迴
策、如、縈、不減、王家叔父、真箇可人也、
掉角兒是誰家玉人水邊斗驕驄碧桃花旋坐雲霞

飄颻半天惹人處行光一片猛可的映心頭停眼角
送春風迎曉日搖曳花前青袍粉面儂家少年得娘
憐抵多少宋玉全身相如半面鮑這樓早則望夫臺
也好下樓去、請老夫人迎接新郎、下介須教翡翠閨
玊毋無奈鴛鴦噪鵲橋
瑞鶴仙老旦上有女正芳妍繫綵蘿千里紅絲一綫
春深景明媚正玉漏穿花金屏合箭芳信呢喃早則
是玉釵歸燕鬬心兒女齊眉夫婦今日如願李郎豆
到也、浣紗、賓贊那裏、末扮賓贊上有、有、有、色與禮執

重新郎色上緊禮六食執重小子食上緊堂上唱禮
只好覷牀上唱禮偏好聽（鮑）牀上怎生唱（賓）俯伏鞠
躬跪一般興六不唱興興唱俯興（鮑）牀上怎不唱拜（賓）新
郎點頭就是拜唱了拜時敗了興
寶鼎現（生上）玉驄鞭彈正綺羅門戶笙歌庭院冉冉
飛絳臺雲細深深處繡簾風颭（旦上）且喜玉釵雙燕
穩還似玉梅初見（合）對寶鼎香濃芳心暗祝天長地
遠（賓贊禮介）拜天地天地交通泰水火到既濟今年
生箇小崇童明年生箇大歸妹拜老夫人拜謝金王

母領取碧霞君今年封內子明春長外孫夫妻交拜
今日成雙後富貴天然偶一箇附鳳攀龍一箇覷雞
養狗（鮑諢介）好箇豪家婆也（賓）禮畢新郎新人就位
人從叩頭（秋鴻浮雜兒介）（鴻）的的親親的小秋鴻叩
頭（老旦）那些人從都是李家麼（鴻）不是李家是桃家
（老旦）那箇桃家（淨）豪家（老旦）那箇豪家（雜）李家做了
豪家（老旦）好好原來李郎豪家子也馬可是李家（鴻）
不是李家是桃家（老旦）怎生又是桃家馬（生）不是桃
家馬是桃花馬（老旦）李郎好一箇桃之夭夭浣紗請

這賓朋一班騎從、別館筵宴、（淨）好、咱們與酒去、（下）（外）
碧潭春洗馬、樓前紅燭夜迎人、（下）（老旦）看酒、（生）小生
還有藍田白玉一雙、文錦十疋、少致筐篚之敬、（老旦）
小女領下、李郎素聞才調風流、今見儀容雅秀、名下
固無虛士、小女雖拙教訓、顏色不至醜陋、得配君子、
願爲相宜、（生謝介）拙鄙庸愚、不意顧盼、幸垂錄采、生
死爲榮、（把酒介）

【錦堂月】（晝錦堂）繡幄紅牽、門楣綠繞、春色舊家庭院、烟
霧香濛、笑出乘鸞低扇、（月上海棠）似朝陽障袂初來、向洛

浦淩波試展、（合）神仙眷、看取千里佳期、百年歡燕、

【前腔】（換頭）（旦）幸然王母池邊、上元燈半、縹緲銀鸞映現、
一飲瓊漿、藍橋試結良緣、吹簫侶、天借雲迎、飛瓊佩、
月高風轉、（合前）

【前腔】（換頭）（老旦）堪憐自小嬋娟、從來腼腆、未許東風一
面、鳳曲將雛、占得和鳴天遠、倚青鸞玉鏡妝成、對孔
雀金屏中選、（合前）

【前腔】（換頭）（衆）喧妍翠氣生烟、紅妝豔日、小令合歡歌遍、
喜才子佳人、雙雙錦瑟華年、銀燭影、河漢秋光、碧桃

浪武陵春片〔合前〕

醉翁子〔鮑〕堪羨好韶華長剪把紅絲兒纏戀怕蟾宮桂晚洛陽花賤〔生〕不淺似底樣深恩何處春光買翠鈿〔合〕持觴勸但記取月下花前玉釵雙燕

前腔〔旦〕閒辨畫眉人蘸了筆花飛硯趁三星在天五雲低殿〔老旦〕如願穩倩取鸞封一對夫妻畫錦圓〔合〕

前

僥僥令〔生〕燈花紅笑顫高燭步生蓮〔旦〕喜鬧夜口脂香碧唾環影耀金蟬愛少年

前腔〔旦〕顏酡春暈顯花月好難眠無奈斗轉銀瓶催漏悄翠袖裊鬢偏待曉天

尾聲〔老旦鮑合〕錦帳流蘇度百年做夫妻天長地遠恰這是受用文章花月仙

〔旦生〕春花春月兩相輝〔老旦鮑〕千里良緣一色絲

〔合〕盼到洞房花燭夜　圖他金榜掛名時

第十四齣　狂言試喜

〔浣紗上〕曉幄流蘇春意長　花頭彈動雨初香　紗窗細拂蛾眉了斜斂輕軀拜玉郎好笑好笑郡主配了李

郎、俺倣浣紗的在牀背可睡也、呵、那李郎甚麼心情、俺郡主許多門面、俺也聽不得了、如今日勢向午纔起新妝、

探春令【旦上】合歡新試錦衾重。羅帳春風。【浣扶介】【旦】嬌倩人扶笑嗔人問。没奈多情種。【荷葉杯】枕席夜闌初薦、瞻顛鬢亂、四肢柔泥、人無語怎擡頭。羞麼。羞羞麼羞。【浣笑介】喜也、郡主苦也、郡主呀、素設設帕兒早發變也、

鶯啼序【眉州】小錦新退紅、汗粉漬勻嬌瑩、他幾曾花

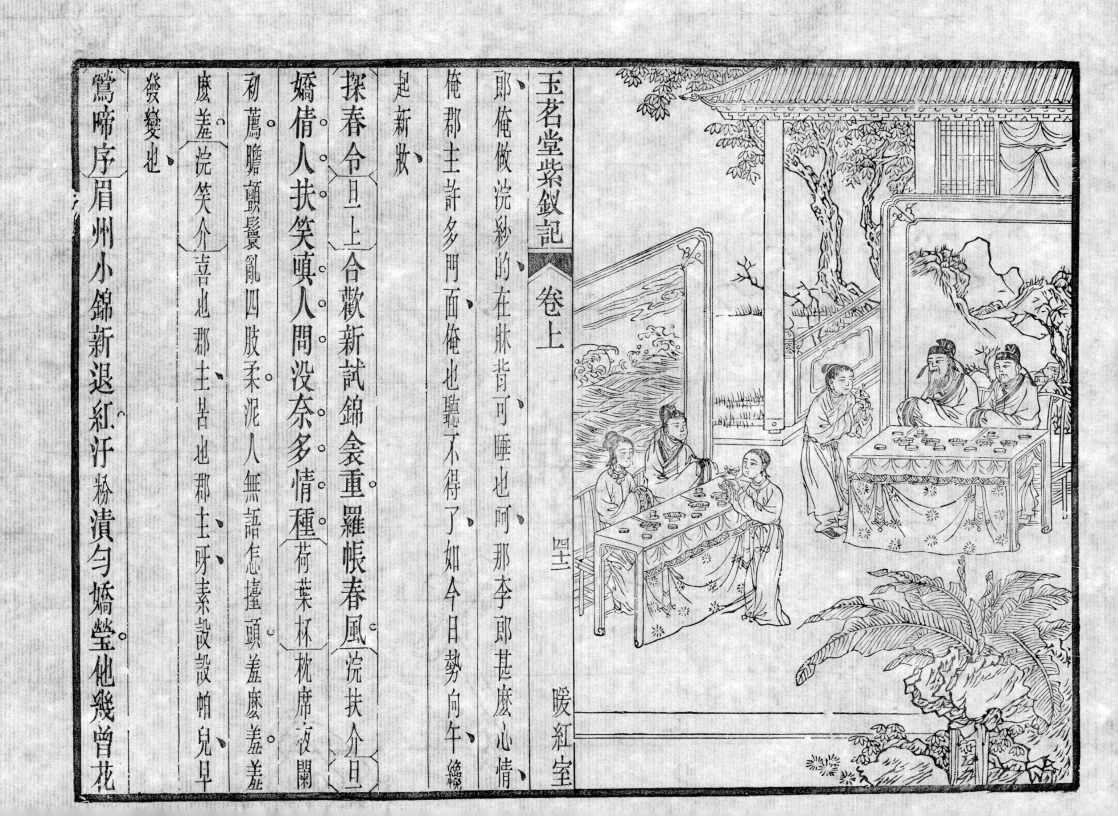

事春容早印透春痕一縫苦也、碎嬌啼窣裏聞鶯緊
揩葉沁成么鳳春如夢整一片雨雲香亜
〔阮郎歸〕〔生上〕綠紗窗外曉光催神女下蛾眉細看他
含笑坐屏圍倚新妝半晌嬌橫翠〔見介〕學畫蛾眉翠
淡濃遠山春色在樓中須臾日射胭脂頰一朵紅酥
旋欲融小玉姐初見你時一室之中若瓊林玉樹交
枝皎映轉盼之間精彩射人聽你言叙溫和詞旨宛
、媚解羅衣之際態有餘妍到得低幃暱枕極甚歡愛、
小生自忖、巫山洛浦、不如也、〔旦含笑介〕惶愧、惶愧、〔生〕

我有友人韋夏卿、崔允明、約來相賀、須是酒肴齊備、
〔旦〕理會得、
〔鵲橋仙〕〔韋崔上〕紅壁窺鶯銀塘浴翠着處自成春意
秦樓簫史鳳初飛望雲氣十分濃媚〔進揖見介〕正好、
正好請新郎新人賀喜、才子佳人、可是人間天上也、
筆花新展畫眉才仙女吹、崔學鳳臺〔生旦〕天上忝成
銀漢匹人間燕喜客星來〔生〕看酒、〔浣持酒上〕生香閨
舊酒熟客見新人酒到、〔生旦把酒介〕
〔玉胞肚〕〔生〕畫堂客至整襟裳鸞鶴低飛銀荷上

絳燭飛輝寶爐內篆烟沉細〈五供養〉〈旦〉對舊遊新喜不由（啫）羞眉半聚裹手拈鸚嘴〈黃鶯兒〉〈生旦合〉溜釵垂倚郎微拜渾覺自嬌癡

〈前腔〉〈崔〉露華朱邸自生成玉葉金枝印春山半暈新眉破朝花一條輕翠〈韋〉畫梁初日一片美人雲氣世上能多麗〈崔韋合〉是便宜尋常花月偏是你遇仙時

〈前腔〉〈生〉幾年排比背長廊月下尋梅見佳人獨自徘徊恰好事恁相當對〈旦〉是前生分例儘百媚天應（一作生）乞與消得多才藝〈生旦合〉遂心期紅顏相向直是好夫妻

〈前腔〉〈韋〉可人風味近軒庭晝漏遲遲瑞香風吹引仙姬牡丹春襯成多麗〈崔〉俺狂儔怪侶來盼問雨香雲跡向荳蔻梢頭翠〈崔韋合〉早些時宜男開放休〈韋〉負碧桃棲〈韋〉罷酒小弟一言君虞既婿王門眠花坐錦郡主宜效樂羊之織助成玄豹之文休得貪歡有隳大事

夢鳳按原題作朱奴兒今從樂譜

朱奴燈〈朱奴兒〉〈韋〉好男兒芙蓉俊姿傍嫦娥桂樹寒棲〈崔〉勸取郎腰玉帶圍休只把羅裙對繫〈合〉書齋榻

婚姻簿二句
已窺破李郎
心事矣

案齊眉【剔銀燈】穩倩取花冠紫泥【旦】二君在上李郎自是富貴中人只怕富貴時撇了人也

【前腔】婚姻簿是咱爲妻怕登科記注了別氏【崔】十郎不是這樣人肘後香囊半尺綵想不是薄情夫婿【合】

【前崔】君虞三人中你到有了鳳凰巢俺二人居然窮鳥不論靡家靡室兼之無食無衣如何活計【生】小弟在此從容圖之

【尾聲】【崔】相女配夫雙第一【韋】論相夫賢女也得今無二【合】眼看的吹簫樓上一對鳳凰飛

【韋】客賀新婚飲半酡【崔】勸郎遠志莫蹉跎
【生】酒逢知己頻添少【旦】話若投機不厭多

第十五齣　權夸選士

【越調】【蠻牌令】【淨】扮盧太尉引末扮堂候外小生扮從官丑雜扮祇候執棍【上】獨坐掌朝樞出入近乘輿君王詔乘春令殿前兵馬洛陽都指鑾旗暫此東巡遊駐大比年怕試期躭誤詔就此開科選俊儒咱怎生閉塞了求賢門戶酉賓東主帝王家行幸中都止翠華才子來攀春月桂君王垂問洛陽花自家乃盧太

尉是也盧杞丞相是我家兄盧中貴公公是我舍弟一門貴盛覇掌朝綱今年護駕東遊洛陽怕春選誤期郎於洛陽行省掛榜招賢思想起俺有一女年將及笄不如乘此觀選高才爲婿左右那裏〔堂候跪介淨〕聽分付我與禮部凡天下中式士子都要參謁太尉府方許註選正是近水樓臺先得月向陽花木易爲春〔下〕

第十六齣　花院盟香

〔浣紗上〕意態精神畫亦難。花枝寘箇好團欒。曲囀新聲銀甲暖。酒浮香米玉蛆寒。自家浣紗是也郡主配了李十郎把秋鴻賞了浣紗秋鴻倆知書卻被十郎使得東來西去到不如俺家烏兒配了櫻桃兩日鎮日竈前竈後正是乖的走碌碡。嬴得眼前熟。癡的不由屋。夜夜皮穿肉。俺看李郎和郡主十分相愛今早又分付花園遊憩俺取了白玉碾花罇盛了碧桃新釀剛紅綾几擺着蒲葉碗數十枚且是郡主絃管之暇雅好詩書筆墨硯多是王家舊物都帶巾箱伺候一對兒早到也